I
fy ffrindiau,
Steffan a Tomos

Argraffiad cyntaf: 2010

ⓗ Gareth William Jones

Rhif rhyngwladol: 978-1-84527-282-1

Mae'r cyhoeddwyr yn cydnabod cefnogaeth ariannol
Cyngor Llyfrau Cymru.

Cyhoeddwyd yn Gymraeg gan Wasg Carreg Gwalch,
12 Iard yr Orsaf, Llanrwst, Conwy, LL26 0EH.
Ffôn: 01492 642031 Ffacs: 01492 641502
e-bost: llyfrau@carreg-gwalch.com
lle ar y we: www.carreg-gwalch.com

Argraffwyd a chyhoeddwyd yng Nghymru.

BREUDDWYD MONTI

Breuddwyd Monti

Gareth William Jones

Gwasg Carreg Gwalch

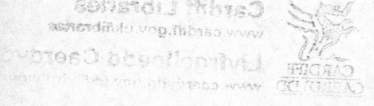

Cynnwys

Cynnwys

1 Cartref Newydd

"Dyma fe!" meddai Mam fel petai wedi cael hyd i drysor, ond mi wyddwn i'n iawn mai esgus bod yn hapus roedd hi.

Arhosodd y car a chododd Alys ei phen o'i llyfr.

"Mae angen ei beintio," meddai'n swta gan droi'n ôl at ei llyfr.

Roedd Alys yn iawn, yr oedd angen peintio'r tŷ. Roedd angen peintio'r tŷ go iawn.

"Dewch," gwaeddodd Mam, gan ei anwybyddu. "Mae 'da ni waith i'w wneud cyn i'r fan gyrraedd."

Ochneidiodd Alys ac edrychodd Mam arni, cystal â dweud, 'Plîs paid, Alys'. Ond ddywedodd hi ddim byd. Gafaelais yn llaw fy chwaer oedd yn ddwy flynedd yn ifancach na fi a gwasgodd hithau fy llaw innau'n dynn. Gallwn i fod wedi llefain y funud honno ond mi ddaliais yn ôl. Doeddwn i ddim eisiau brifo teimladau Mam na gwneud i Alys deimlo'n waeth. Roedd Mam wedi agor drws y tŷ cyn i ni'n dau gyrraedd y gât. Edrychais o gwmpas. Ein cartref newydd oedd y tŷ bleraf ei olwg yn y stryd ac roedd yr ardd fel jyngl. Edrychodd Alys a finnau ar ein gilydd ac er na ddywedodd hi'r un gair roeddwn i'n gwybod yn iawn sut roedd hi'n teimlo y funud honno. Clywsom atsain o'n camau wrth i ni gerdded i mewn i'r tŷ gwag.

"Wel? Beth 'ych chi'n feddwl o'ch cartref newydd?" holodd Mam, fel petai hi'n ein croesawu i balas.

"Oedd rhaid i ni symud?" holodd Alys yn dawel.

"Plîs paid, Alys," meddai Mam a diflannu i'r gegin.

"Ond Mam ..."

"Rwyt ti'n gwybod bod yn rhaid i ni, Alys, achos dwi wedi egluro i ti sawl gwaith nawr," gwaeddodd Mam o'r gegin. "Mae'n ddrwg 'da fi, ond dyna sut y mae hi a does dim byd y galla i wneud am y peth."

"Ond mae Alys yn iawn, Mam. Mae'r peth mor annheg," mentrais.

"Plîs, Marc, paid ti â dechre hefyd," atebodd o ddrws y gegin. Cerddodd tuag aton ni.

"Drychwch, dwi'n gwybod nad yw hyn yn hawdd ond mae'n rhaid i chi wneud eich gorau. Mae'n rhaid i ni drio helpu'n gilydd. Iawn?"

Gafaelodd yn dynn amdanon ni. "Wnewch chi, plîs?"

"Iawn," meddai Alys yn wan.

"Iawn," meddwn innau, yn ceisio bod yn ddewr.

"Diolch," atebodd a chusanu'r ddau ohonom. "Dewch i weld yr ardd," meddai. "Mae 'da fi rywbeth diddorol iawn i' ddangos i chi."

Yn anfodlon, wnaethon ni ddilyn Mam i'r gegin a thrwy'r drws oedd yn arwain i'r ardd gefn. Roedd honno hyd yn oed yn waeth na'r ardd o flaen y tŷ. Roedd hi'n amlwg nad oedd y person oedd yn byw yma o'r blaen yn rhy hoff o arddio.

"Edrychwch!" meddai Mam gan bwyntio at y tir oedd ochr draw i'r wal ar waelod y jyngl.

"Beth yw e – cwrs golff?" holodd Alys.

"Wrth gwrs mai cwrs golff yw e," meddwn i. "Edrych, mae 'na bobl yn chwarae yno nawr."

"Trueni mai nid parc yw e," meddai Alys yn siomedig.

"Ti'n iawn, Alys. Bydde'n well 'da finne barc hefyd," meddwn innau'n bwdlyd.

"Mae cwrs golff yn dawelach na pharc ac mae'n llawer gwell na chael tai y tu cefn i ni," meddai Mam yn sionc. "Hei! Dewch i ddewis 'ych stafelloedd gwely."

A dyma'r ddau ohonon ni'n rhedeg nerth ein traed a saethu i fyny'r grisiau digarped fel ceffylau rasio.

"A pheidiwch ymladd," gwaeddodd Mam ar ein holau. "Os na allwch chi gytuno ar stafell wely, bydd yn rhaid tynnu gwelltyn, ond cofiwch mai fi sy'n cael y stafell fwyaf!"

Roedd tair stafell wely, dwy ym mhen blaen y tŷ ac un yn y cefn. Un o'r rhai blaen roedd Alys yn ei hoffi ac roeddwn i'n ddigon hapus â hynny achos er bod fy stafell wely i'n llai, ac yn dipyn llai na'r un yn fy hen gartre, roedd hi'n wynebu'r cwrs golff.

Cerddais i mewn i'm stafell newydd ac at y ffenest. Edrychais ar y cwrs. Doeddwn i erioed wedi edrych mor fanwl ar gwrs golff o'r blaen. Roedd gwair gwyllt yn tyfu tu hwnt i wal yr ardd a thu hwnt i hwnnw roedd rhimyn o laswellt wedi'i dorri'n daclus mewn llinellau patrymog. Yr ochr draw i'r rhimyn roedd rhes o goed yn ymestyn i'r chwith ac i'r dde. Doedd y coed ddim yn drwchus, felly gallwn weld fod rhimyn o dir tebyg yr ochr draw i'r rheiny hefyd. Ni allwn weld llawer i'r chwith oherwydd roedd clwstwr trwchus o goed yn y fan honno yn creu cornel. I'r dde, ar ddiwedd y rhimyn glaswellt, roedd lawnt a edrychai fel bwrdd snwcyr gyda baner goch ar bolyn yn cyhwfan yn ei chanol. Yr unig gwrs golff roeddwn i wedi'i weld o'r blaen oedd un ar lan y môr pan aethon ni ar wyliau i Aberystwyth flynyddoedd yn ôl. Er na wnes i ddim cymryd fawr o sylw o hwnnw, mi wyddwn fod hwn yn fath gwahanol o gwrs. Roedd coed yn tyfu ar hwn.

Trueni na allwn i weld mwy o'r cwrs, meddyliais. Byddai'n rhaid mynd i fusnesu pan na fyddai neb o gwmpas. Ar hynny dyma bêl fach wen yn ymddangos yn yr awyr o gyfeiriad y gornel ar y chwith a glanio mewn glaswellt gwyllt tua hanner metr o wal ein gardd ni. Munud yn ddiweddarach, dyma un arall yn hedfan drwy'r awyr ac yn glanio'n dwt yng nghanol y rhimyn o laswellt. Yna, dyma drydedd bêl yn glanio yn agos ati. Edrychais i'r cyfeiriad o lle daeth y peli ac ymhen rhyw ychydig funudau gwelais dri bachgen, tua'r un oed â fi, yn dod rownd y gornel a phob un yn cario bag o glybiau golff ar eu cefnau. Aeth y tri yn syth at y ddwy bêl yng nghanol y rhimyn o laswellt ond trodd un o'r bechgyn tuag at y wal a dechrau chwilio am ei bêl, ond roedd yn chwilio yn y lle anghywir. Daeth y ddau arall ato i'w helpu ond doedd y tri ddim yn agos at y bêl. Dim ond fi oedd yn gwybod lle roedd y bêl wedi glanio. Doeddwn i ddim yn gwybod beth i'w wneud. A ddylwn i agor y ffenest a gweiddi arnyn nhw i chwilio rhyw dri metr y tu ôl iddyn nhw, neu redeg i lawr at y wal a phwyntio at yr union fan lle y gwelais y bêl yn glanio, neu symud o'r ffenest a'u hanwybyddu? Wedi'r cwbl, ar y bachgen roedd y bai am fethu taro'r bêl yn iawn.

"Mae'r fan wedi cyrraedd!" gwaeddodd Mam o'r stafell wely blaen. "Dewch i helpu."

Edrychais allan drwy'r ffenest. Roedd y bechgyn yn dal i chwilio yn y lle anghywir.

"Mi fydda i yno nawr, Mam," gwaeddais wrth redeg i lawr y grisiau ac allan i'r ardd.

Rhedais at y wal a dringo arni.

"Hei!" gwaeddais. Cododd y tri bachgen eu pennau ac edrych arnaf. "Fan hyn mae'r bêl," gwaeddais gan bwyntio ati.

Dechreuodd un o'r bechgyn gerdded tuag ata i gan dynnu clwb o'i fag.

Anwybyddodd fi ac edrych yn gas ar ei bêl. Safodd y tu ôl iddi ac edrych i gyfeiriad y lawnt. Yna aeth yn agosach at y bêl ac edrych tuag at y faner eto gan osod ei glwb yn ofalus tu cefn i'r bêl. Yna camodd yn ôl ac ymarfer taro'r bêl. Edrychodd tua'r twll unwaith eto ac yna trodd ei ysgwyddau a chodi'r clwb yn ôl uwch ei ben.

Oes angen mynd i gymaint o drafferth? meddyliais.

Gan ddal i edrych ar y bêl, daeth â'r clwb i lawr

a'i tharo'n galed. Yn anffodus, suddodd y clwb i'r glaswellt a dim ond symud y mymryn lleia wnaeth y bêl. Edrychodd y bachgen yn syn arni.

"Anlwcus," gwaeddodd un o'r bechgyn eraill.

Edrychodd y bachgen arna i wedyn, fel petai yn fy meio i am ei fethiant e. Roeddwn i eisiau chwerthin ond wnes i ddim. Roedd e'n edrych mor gas.

Edrychodd unwaith eto ar y bêl ac i gyfeiriad y lawnt. Cododd y clwb a'r tro hwn llwyddodd i gael y bêl allan o'r glaswellt i hedfan yn syth tuag at y faner a glanio ychydig o fetrau'n fyr o'r lawnt.

"Siot!" gwaeddodd y ddau arall cyn mynd ati i daro'u peli nhw'n daclus a'u gweld yn glanio ar y lawnt, un lai na metr o'r twll.

Doeddwn i erioed wedi gweld neb yn chwarae golff o'r blaen ac roedd hi'n edrych yn gêm ddiddorol. Felly penderfynais y funud honno yr hoffwn innau roi tro ar ei chwarae. Pam lai, a chwrs golff mor agos. Byddai'n rhaid i mi brynu pêl, wrth gwrs, a chlybiau a bag a doedd gen i ddim syniad faint roedd pethau felly'n gostio. Yn anffodus, roedd un peth arall nad oeddwn i'n ei wybod y foment honno hefyd, ond roedd y siom honno i ddod. Roedd bywyd yn gallu bod mor annheg a breuddwydion yn gallu cael eu difetha mor rhwydd.

2 Ysgol Newydd

"Marc! Ble wyt ti?" galwodd Mam.

"Yn yr ardd gefn," gwaeddais yn ôl. Roeddwn i'n cael blas ar wylio'r golff ac roedd dwy bêl arall wedi ymddangos ar y rhimyn glaswellt.

"Dere, Marc bach," meddai gan roi'i phen allan drwy'r drws cefn. "Mae angen i ti ddangos i'r dynion ble mae dy stafell wely."

Neidiais oddi ar y wal a phan gyrhaeddais y cyntedd roedd dau ddyn mewn cotiau brown yn ceisio cael fy ngwely drwy'r drws ffrynt cul. Gwasgais heibio iddyn nhw a dringo'r grisiau.

"Hon yn y cefn yw fy stafell i," gwaeddais a mynd i mewn iddi. Es i'n syth at y ffenest ac edrych allan oherwydd roeddwn i'n ysu am gael gweld pwy oedd wedi taro'r ddwy bêl oedd newydd lanio ar y rhimyn glaswellt. Cyrhaeddais mewn pryd i weld dwy ddynes yn sefyll uwchben y peli. Gwyliais y gyntaf yn taro'i phêl yn syth a glaniodd honno'n daclus ar y lawnt. Aeth yr ail ddynes ati i baratoi'n ofalus drwy sefyll y tu ôl i'w phêl ac edrych tuag at y lawnt. Yna, fel y gwnaeth y bachgen gynnau, dechreuodd ymarfer ei siot cyn camu tuag at y bêl. Yn anffodus, pan oedd hi ar fin ei tharo clywais duchan y tu allan i'm stafell a llais un o'r cotiau brown.

"Ble wyt ti isie'r gwely 'ma, bachan?" holodd a'i wynt yn ei ddwrn.

"Fan hyn wrth y ffenest os gwelwch chi'n dda," atebais.

"Iawn," tuchanodd.

O fewn eiliadau roedd y gwely'n gorwedd ar draws gwaelod y ffenest ac yn ffitio'n berffaith.

"Ew, edrych Eric, rwyt ti'n gallu gweld y cwrs golff o fan hyn," meddai'r got frown arall.

"Braf," atebodd Eric. "Oni fyddai'n braf bod fan'na'r funud hon?"

"Byddai wir, ond gwaetha'r modd, Eric," meddai'i gyfaill, "mae gwaith yn galw."

"Odi, Dave,"

"A pheth arall, mae hi'n siŵr o fod yn rhy gostus i ti neu fi ware golff yn fan'na."

"Ti'n iawn, Dave. Wyt ti'n whare golff, bachan?" holodd Eric gan edrych arna i.

"Na'dw," atebais.

"Rygbi, ife?"

"Ie."

"Falle gei di ddechre nawr a chwrs ar waelod dy ardd," meddai gan roi winc arna i cyn diflannu drwy'r drws.

"Marc, dere i roi help i ni gario pethau o gist y car," gwaeddodd Mam o waelod y grisiau.

A dyna sut y bu hi am weddill y dydd. "Marc, cer â hwn i'r gegin; Alys, cer â hon lan lofft; Marc, rho hwn dan y staer a cher â hon i'r sièd ..."

Pob tro y ceisiwn gael munud neu ddwy i fynd at ffenest fy stafell wely i wylio'r golffwyr, byddai Mam yn gweiddi arna i i'w helpu. Erbyn amser swper roedd y tri ohonon ni wedi blino'n lân. Ar ôl swper, mi es i allan i'r ardd ac eistedd ar ben y wal. Roedd hi'n noson olau leuad braf a doedd neb ar gyfyl y cwrs. Gan fod pob golffiwr wedi mynd adref, mi ges i syniad.

"Dere, Marc, mae'n amser gwely. Cofia fod 'da ti'r ysgol bore fory," galwodd Mam.

Wrth droi tuag at y tŷ teimlais rywbeth caled yn y gwair dan fy nhraed. Symudais y gwair â'm llaw ac yno roedd pêl fechan wen yn cuddio.

Wel, meddyliais, o leiaf mae gen i bêl. Petai gen i glwb ...

Rhoddais y bêl yn fy mhoced ac es i mewn i'r gegin lle roedd Mam yn dal i dacluso.

"Wyt ti eisie diod cyn mynd i dy wely, Marc?" holodd.

"Dim diolch. Dwi am fynd yn syth i'r gwely. Nos da."

"Nos da, a diolch, Marc," meddai Mam.

"Am beth, Mam, am beidio cymryd diod?"

"Nage siŵr. Diolch am fod yn gymaint o help," meddai a rhoi cusan ar fy moch.

Es i i fyny'r grisiau ac wrth fynd i mewn i'm stafell

wely gallwn glywed Alys yn llefain yn dawel yn ei stafell hi. Eisteddais ar fy ngwely a syllu allan i'r nos a dechreuodd fy llygaid innau lenwi. Drwy fy nagrau gallwn weld fod golau'r lleuad yn dal i oleuo'r rhimyn glaswellt a'r lawnt. Cwrs gwag, neb o gwmpas a rhan o'r cwrs wedi'i foddi yng ngolau'r lleuad. Dyna'r union amser i fentro roi cynnig ar y gêm ryfedd, meddyliais wrth newid i'm dillad nos.

Roedd hi'n anodd mynd i gysgu'r noson honno a chymaint o bethau'n troi a throsi yn fy meddwl: Dad; y ffrindiau roeddwn i wedi eu gadael ar ôl; y symud i'r cartref newydd; gweld pobl yn chwarae golff am y tro cyntaf ac, ar ben hynny i gyd, gwybod y byddai'n rhaid wynebu ysgol newydd yn y bore. Ond, o leiaf, fy hen wely oedd gen i a'r un hen obennydd. Claddais fy mhen ynddo, cau fy llygaid ac arogli ogleuon yr hen gartref. Y peth nesaf ddigwyddodd oedd cael fy neffro gan lais Mam yn dweud wrtha i am godi a 'molchi a dod i gael brecwast.

Doedd fawr o awydd brecwast arna i ond mi wnes fy ngorau er mwyn tawelu Mam. Pan gyrhaeddais yr ysgol roedd y tamaid brecwast yn corddi yn fy stumog. Ychydig fisoedd oedd wedi mynd heibio ers i mi ddechrau yn yr ysgol uwchradd, ond y pryd hwnnw roedd gen i ffrindiau'n dechrau'r un pryd â fi a doedd Mam ddim yn gysgod i mi. Yn awr, roedd hi'n mynd ag Alys i'w hysgol gynradd newydd hi yn gyntaf a theimlwn yn annifyr yn ei dilyn hi at dderbynfa fy ysgol i; gallwn deimlo degau o lygaid yn syllu arna i wrth iddyn nhw fynd heibio i gofrestru.

"Bydd popeth yn iawn, Marc," sibrydodd Mam.

Roedd y ferch yn y swyddfa yn ddigon caredig, a threfnodd i ddisgybl o flwyddyn deuddeg fynd â fi i'r dosbarth. Roeddwn i'n ofni y byddai Mam yn rhoi cusan ffarwél i mi felly mi wnes i'n siŵr na chafodd gyfle i godi cywilydd arna i. Dyna fi'n dweud hwyl a throi yn syth ar fy sawdl. Ceisiodd y bachgen greu sgwrs ond doedd dim awydd siarad arna i. Curodd ar ddrws stafell ac fy arwain i mewn i ddosbarth a aeth yn annaturiol o dawel wrth i mi gerdded i mewn.

"Marc Montgomery, y bachgen newydd, syr," meddai'r disgybl hŷn.

"Croeso, Marc," meddai'r athro. "Cer i eistedd fan'na wrth ymyl Daniel Edwards."

Edrychais tuag at lle roedd yn pwyntio ac allwn i ddim credu fy llygaid. Daniel Edwards oedd y bachgen oedd wedi colli ei bêl yn y glaswellt gwyllt wrth fy ngardd.

"Martin sy'n eistedd fan hyn," atebodd Daniel Edwards yn flin.

"Ond dyw Martin ddim yma heddiw, yw e, Daniel?" atebodd yr athro.

"Na," meddai Daniel Edwards yn swrth.

"Felly, gall Marc eistedd yna am heddiw."

"Iawn," atebodd Daniel yn bwdlyd.

Roedd hi'n amlwg nad oeddwn i am gael fawr o groeso gan hwn, ac roeddwn i'n iawn. Pan ddaeth y wers i ben cerddodd i ffwrdd heb ddweud dim wrtha i ac mi welais e'n sibrwd rhywbeth amdana i wrth un o'r bechgyn eraill.

"Paid â chymryd sylw o Daniel Edwards," meddai'r bachgen oedd newydd ddod i sefyll wrth fy ymyl. "Mae e'n meddwl llawer gormod ohono'i hun, fe a'i ddau fêt. Croeso i ti. Steffan ydw i a dyma Tomos."

"Croeso, Marc," meddai'r bachgen arall gan wenu'n garedig. "Fe edrychwn ni ar dy ôl di."

"Diolch," atebais, gan deimlo'n llawer gwell.

Ac fe wnaethon nhw edrych ar fy ôl i hefyd, gan ddangos y ffordd o gwmpas yr ysgol a gofalu nad oedd raid i mi eistedd wrth ymyl Daniel Edwards mewn unrhyw wers arall.

"Wyt ti'n chwarae rygbi?" holodd Tomos amser cinio.

"Ydw," atebais.

"Da iawn," meddai Steffan.

"Er mae gen i awydd rhoi tro ar chwarae golff," meddwn ac edrychodd y ddau ffrind newydd ar ei gilydd.

Eglurais iddyn nhw lle roeddwn i'n byw ac roedd y ddau yn gwybod am y cwrs golff. Pan soniais i mi weld Daniel Edwards a dau fachgen arall yn chwarae ar y cwrs ddoe edrychodd y ddau ar ei gilydd unwaith eto.

"Byddai'n ddwl i beidio rhoi cynnig ar golff a'r cwrs reit ar waelod yr ardd, chi ddim yn cytuno?" meddwn.

"Oes 'da dy rieni di lwyth o arian?" holodd Steffan.

"Na, fel arall yn hollol ar hyn o bryd," atebais. "Ac mae Dad wedi'n gadael ni."

"Wel, elli di anghofio am chwarae golff ar y cwrs 'na, achos mae e'n gostus ofnadwy," meddai Tomos.

"Dyna ddywedodd y dynion symud hefyd," meddwn yn siomedig.

"Fyddet ti ddim eisie chwarae fan'na, ta beth," ychwanegodd Steffan. "Hen snobs 'yn nhw."

Pan eglurais mai dim ond chwarae yno ar ddiwedd y dydd ar ôl i bawb fynd adref roeddwn i'n bwriadu'i wneud edrychodd Steffan o gwmpas i wneud siŵr nad oedd neb yn gwrando a phlygu ymlaen ataf.

"Fydden i ddim yn gwneud hynny," meddai.

"Pam?" holais.

"Achos fe allet ti fynd i drwbl," meddai Tomos. "A phaid â sôn am y peth yng nghlyw Daniel Edwards a'i fêts."

"Na," cytunodd Steffan, "achos fydden nhw'n siŵr o snitsio arnat ti."

Sôn am fyrstio fy swigen. Y cwrs golff oedd yr unig beth oedd wedi codi fy nghalon i ers i ni symud a nawr roedd hwnnw, er mor agos, yn ymddangos allan o'm cyrraedd. Neu efallai nad oedd e wedi'r cyfan.

3 Newydd Drwg

"Pam fyddet ti isie chwarae yno, ta beth?" holodd Alys pan ddywedais wrthi hi a Mam beth oedd Steffan wedi'i ddweud am y cwrs golff. "Taro pêl fach 'da ffon a cherdded ar ei hôl hi! Ble mae'r hwyl yn hynny?"

"Pam nad ei di draw i holi?" meddai Mam, wrth weld y siom yn fy llygaid. "Does dim drwg holi. Efallai bod 'da nhw ddêl arbennig i blant."

"Stico at rygbi fydden i," meddai Alys.

"Mi alla i ddal i chwarae rygbi siŵr," meddwn i. "Rygbi yn y gaeaf a golff yn yr haf. A dim ti ydw i, ta beth."

"Cer yno ar ôl ysgol fory," awgrymodd Mam.

Roedd Mam yn iawn; doedd dim drwg mewn ymweld â'r clwb i weld faint yn union roedd hi'n gostio i gael gêm. Os oedd hi'n rhy gostus i chwarae yno, yna byddai'n rhaid bodloni ar chwarae hanner twll yng ngolau'r lleuad.

Y cyfan oedd ar fy meddwl drannoeth oedd fy ymweliad â'r clwb golff ond doedd dim syniad gen i lle roedd prif fynedfa'r clwb, heb sôn am bwy i holi. Yr ateb hawdd fyddai holi Daniel Edwards ond roedd ei agwedd annifyr tuag ata i yn fy nghadw rhag gwneud hynny. Penderfynais beidio dweud dim wrth Steffan na Tomos chwaith rhag ofn iddyn nhw chwerthin ar fy mhen i. Felly, amser cinio, mi wnes i esgus i fynd i'r llyfrgell a phan gyrhaeddais yno doedd fawr neb o gwmpas, diolch byth. Mi es yn syth at un o'r cyfrifiaduron a gwglo map o'r ardal a chael siom arall. Roedd prif fynedfa'r clwb golff tua milltir a hanner o'n tŷ ni ac adeiladau'r clwb ei hun tua chwarter milltir o'r fynedfa. A finnau'n gallu'u gweld drwy'r coed o'm stafell wely!

Twpdra fyddai cerdded bron i ddwy filltir ar hyd y ffordd pan allwn i groesi'r cwrs mewn chwarter yr amser. Felly, pan gyrhaeddais adref y prynhawn hwnnw newidiais yn gyflym o 'ngwisg ysgol, neidio i ben wal yr ardd ac, ar ôl gofalu nad oedd neb o gwmpas, disgyn yr ochr draw a dechrau cerdded i gyfeiriad yr adeiladau a welwn rhwng y coed. Cyrhaeddais y coed yn ddidrafferth ac ar ôl mynd drwyddyn nhw mi ddois i at rimyn arall o laswellt wedi'i dorri'n batrymog a gallwn weld adeiladau'r clwb ychydig fetrau o'm blaen. Edrychais i'r chwith a gallwn weld lawnt a baner yn cyhwfan yn ei chanol. Yna edrychais i'r dde ond allwn i ddim gweld ymhellach gan fod bryncyn o flaen fy llygaid. Pan oeddwn hanner ffordd ar draws hwnnw, clywais lais yn gweiddi'n gas. Roedd pedwar dyn wedi ymddangos ar y bryncyn. Gwaetha'r modd, doeddwn i ddim wedi sylwi ar y pedair pêl oedd yn gorwedd ychydig fetrau i ffwrdd.

"Hei ti!" gwaeddodd un ohonyn nhw eto.

Sefais yn stond mewn ofn.

"Dere 'ma!" gwaeddodd un yn gas.

Doeddwn i ddim yn deall pam roedd e mor ddig achos roeddwn i wedi gofalu nad oedd neb o gwmpas cyn croesi. Doeddwn i ddim wedi gwneud dim o'i le.

Cerddais yn araf tuag at y pedwar.

"A beth wyt ti'n feddwl wyt ti'n ei wneud?" holodd.

Cefais fy nhemtio i ddweud ei bod hi'n hollol amlwg beth roeddwn i'n ei wneud ond penderfynais beidio.

"Wyt ti'n gwybod nad oes 'da ti ddim hawl i fod fan hyn? O ble ddest ti? O'r stad dai 'na, siŵr o fod. Wel?"

"Ie. Sori. Dim ond mynd i'r clwb golff oeddwn i."

"Pam? Wyt ti'n aelod?"

"Nac ydw," atebais yn wan. "Ond yn gobei–"

"Roeddwn i'n meddwl nad oeddet ti, a tithe'n gwisgo'r jîns blêr 'na. Wel os nad wyt ti'n aelod does 'da ti ddim hawl i fod ar gyfyl y lle," gwaeddodd cyn i mi gael cyfle i egluro. "R'ych chi blant y stad 'na'n ddim byd ond trwbl."

"O, dere nawr, Meic, paid â gor-ddweud, doedd y bachgen ddim yn gwneud unrhyw ddrwg," meddai un o'i gyfeillion.

"Dim eto, nag oedd. Ond lwcus i ni ddod i'r golwg

pan wnaethon ni," meddai'r dyn cas.

"Doeddwn i ddim yn bwriadu gwneud dim byd drwg. Dim ond croesi; mae'n ddrwg iawn 'da fi," meddwn i.

"Wel, paid â gadael i mi dy weld ti yma eto," meddai'r dyn blin.

Dechreuais droi tuag adre.

"Aros!" gwaeddodd y dyn. "Smo ti'n cael mynd yn ôl ffordd yna, grwt!"

"Gad iddo, Meic," meddai un o'r lleill.

"Na, mae'n hen bryd dysgu gwers i fechgyn y stad 'na," meddai cyn troi ataf i eto. "Bydd rhaid i ti fynd yn ôl ar hyd y ffordd. Paid ti â meiddio croesi'r cwrs. Gofala di; mi fyddwn ni'n dy wylio di bob cam o'r ffordd."

Hen ddiawl blin, meddyliais, wrth gerdded tuag at adeiladau'r clwb a'r ffordd hir yn ôl adref. Pan gyrhaeddais yr adeiladau gwelais yr arwydd *ymholiadau*. Oedd unrhyw bwrpas mewn holi faint roedd hi'n gostio i chwarae yno os oedd pawb fel yr hen ddyn cas 'na a'i ffrindiau? Efallai fod Steffan yn iawn ac mai snobs oedd pob un o'r golffwyr. Efallai fod Alys yn iawn ac y dylwn anghofio am golff a chadw at rygbi. Ond gan fy mod i mor agos doedd dim drwg mewn holi. Felly, er bod fy nhu mewn i'n crynu fel jeli, es i mewn i siop oedd fel ogof drysorau yn llawn dop o daclau golff. Roedd rhesi o glybiau yno, a bagiau, certiau a phob math o ddillad. Dechreuais edrych ar rai o'r clybiau a chael sioc i weld fod rhai setiau'n costio dros chwe chant o bunnau.

"Alla i dy helpu di?" holodd y dyn ifanc y tu ôl i'r cownter.

"Ym ..." meddwn braidd yn nerfus. "Y ... meddwl faint roedd hi'n gostio i chwarae golff yma ..."

"Felly dwyt ti ddim yn aelod?"

"Nac ydw."

"Ydi dy dad neu dy fam yn aelod?"

"Newydd symud i'r ardal 'yn ni," meddwn i fel petai hynny'n mynd i wneud iot o wahaniaeth. A Dad wedi'n gadael ni, y peth ola fyddai Mam yn ei wneud fyddai chwarae golff.

"Mm," meddai'r dyn ifanc. "Wyt ti'n nabod unrhyw un sy'n chwarae yma?"

Daeth enw Daniel Edwards i'm meddwl, ond doeddwn i ddim yn meddwl y byddai'n diolch i mi am sôn amdano.

"Na, neb," atebais.

"Wel, yr unig ffordd y gelli di chwarae fan hyn, mae'n ddrwg 'da fi, yw trwy chwarae gydag aelod neu dod yn aelod dy hunan."

"A faint mae hi'n gostio i ddod yn aelod?" mentrais.

"I bobol dy oedran di dau gan punt yw'r tâl aelodaeth," meddai. "A byddai'n rhaid i ti gael tair gwers i wneud yn siŵr dy fod ti'n gallu chwarae'n iawn a deall sut i ymddwyn ar y cwrs. Mae'r gwersi'n costio pymtheg punt yr un."

Bu bron i mi dagu. Dau gant pedwar deg pum punt o bunnau! Dim ond deg punt oedd gen i yn fy nghadw-mi-gei ac mi wyddwn y byddai Mam yn cael ffit biws petawn i'n gofyn iddi am y fath swm.

"Diolch," meddwn yn siomedig. "Hwyl."

"Iawn," meddai'r dyn ifanc, yn amlwg yn deall fy mod i wedi cael siom. Wrth i mi gerdded tuag at y drws gwaeddodd ar fy ôl.

"Gallet ti wastad chwilio am waith rownd bapur a chynilo'r arian."

"Diolch," meddwn. Ond roedd hi'n haws dweud na gwneud hynny.

"Ac os wyt ti'n bwriadu dod yn aelod, gair o gyngor i ti. Paid â gwisgo'r jîns 'na ar y cwrs. Dwyt ti ddim i fod i wisgo jîns a rhaid gwisgo crys 'da choler hefyd."

Beth oedd yn bod ar y bobol yma? meddyliais, wrth gerdded i lawr y ffordd tuag at y brif fynedfa a'r daith hir tuag adref. Codi crocbris am chwarae yno a pheidio â gadael i bobol wisgo jîns a chrys-T. Roedd Steffan yn iawn: snobs oedden nhw.

"Hei, Montgomery!" gwaeddodd rhywun.

Edrychais draw i gyfeiriad y llais a phwy oedd yn sefyll ar gychwyn y twll cyntaf ond Daniel Edwards.

"Beth wyt ti'n wneud fan hyn?"

Doedd gen i ddim awydd ei ateb.

"Hoffet ti fod yn gadi, i mi, Montgomery?" gwaeddodd Daniel Edwards. "Bydde'n braf cael brolio fod Monti wedi cario fy mag i." Ac am ryw reswm chwarddodd ei ddau ffrind fel petai wedi dweud y jôc ddigrifa erioed. Doeddwn i ddim yn deall y jôc o gwbl.

Dechreuais gerdded yn gyflymach heb droi'n ôl. Ond y funud honno mi wnes i benderfyniad. Roeddwn i'n benderfynol o chwarae ar eu cwrs diawl nhw, doed a ddelo.

4 Rhif Saith Newydd

"Ble ar y ddaear wyt ti wedi bod?" holodd Mam yn bigog pan gyrhaeddais adre. "Roeddwn i'n poeni fod rhywbeth wedi digwydd i ti."

"Beth allai fod wedi digwydd i mi, Mam?" holais.

"Mae'n rhaid bod yn ofalus, Marc, achos mae'r ardal yma'n ddieithr i ni. Paid â diflannu fel yna eto. Plîs."

Pan glywodd fod un o'r golffwyr wedi fy ngorfodi i gerdded adre'r holl ffordd yn hytrach na chroesi'r cwrs roedd hi'n awyddus i fynd draw i'r clwb i roi pryd o dafod iddo, ond mi wnes i ei pherswadio i beidio. A phan glywodd ei bod hi'n costio bron i ddau gant a hanner o bunnau i fod yn aelod aeth yn dawel iawn.

"Mae'n ddrwg 'da fi, Marc, ond bydd yn rhaid i ti anghofio'r syniad o chwarae golff am dipyn," meddai a rhoi'i braich am fy ysgwydd. "Mae arian yn mynd i fod yn brin yn ystod y blynyddoedd nesa."

"Wyt ti'n meddwl y byddai Dad yn fodlon rhoi ...?" holais.

"Dwi'n amau'n fawr. Na, dwi'n gwybod na fydde fe," torrodd ar fy nhraws. "Mae'n ddrwg 'da fi, Marc, mae'n wir ddrwg 'da fi."

"Iawn, dim ots," meddwn yn dawel ac mi es i'n stafell wely.

Ond roedd ots 'da fi. Roedd ots mawr. Eisteddais ar fy ngwely ac edrych allan ar y cwrs golff a phwy welais yn cerdded tuag at y lawnt yr ochr draw i'r wal ond y cena Daniel Edwards a'i ffrindiau. Pam ddylen nhw gael chwarae yno ond nid fi? meddyliais. Roedd bywyd mor annheg. Arhosais wrth y ffenest yn eu gwylio'n taro'r peli i'r twll a'r tri yn amlwg yn cael cymaint o hwyl wrth chwarae'r gêm. Pan ddiflannodd y bechgyn tuag at y twll nesa dyma fi'n aros i weld pwy fyddai'n eu dilyn, ond ni ddaeth neb. Bues i'n gwylio am dros hanner awr mae'n siŵr ond ni ddaeth neb arall heibio. Roedd y cwrs yn wag ac eto roedd hi heb dywyllu'n iawn. Dyna wastraff, meddyliais. Y cyfan roeddwn i eisiau oedd tro bach ar y gêm a doedd bod yn aelod ddim yn fy mhoeni. Nid y funud honno beth bynnag.

Buaswn i'n ddigon hapus i gael taro'r bêl ar y lawnt wrth y tŷ yn unig. Agorais y cwpwrdd ger fy ngwely a thynnu allan y bêl roeddwn i wedi cael hyd iddi yn yr ardd. Y cyfan roedd ei angen arna i nawr oedd clwb i daro'r bêl a chyfle i chwarae pan oedd neb o gwmpas. Na, doeddwn i ddim am roi'r ffidil yn y to mor rhwydd â hynny. Cael gafael ar glwb fyddai'r sialens nesa. Roedd y rhai oedd ar werth yn siop y clwb golff yn ddrud ond tybed a oedd rhai am lai na deg punt yn y siop chwaraeon fawr yn y dref? meddyliais.

Y bore Sadwrn canlynol fe gafodd Mam dipyn o syndod pan welodd fy mod, yn wahanol i'r arfer, yn awyddus iawn i fynd gyda hi i'r dre. Byddai hi wedi cael mwy o syndod petai'n gwybod fod deg punt o'm cadw-mi-gei yn fy mhoced. Wedi cyrraedd y dre gofynnais a gawn i fynd ar fy mhen fy hunan am ryw hanner awr i weld beth oedd yn y siop chwaraeon. Er nad oedd hi'n gwbl fodlon, fe gytunodd Mam ar ôl i mi swnian arni. Pan gyrhaeddais y siop mi es i'n syth at yr adran golff ac at y clybiau.

"Alla i'ch helpu chi?" holodd un o'r gwerthwyr.

"Chwilio am glwb golff ydw i," atebais.

"Dim ond un?" holodd y dyn.

"Ie. Pam? Oes rhaid prynu mwy nag un?"

"Wel nagoes, dim o gwbl. Pa glwb wyt ti'n chwilio amdano?"

"Pa glwb?" holais yn syn. "Jest clwb. Unrhyw glwb golff," ychwanegais.

"Ie, ond wyt ti eisiau gyrrwr, pren rhodfa, haearn rhif pump, chwech, saith, neu wyth? Wyt ti eisiau wedj neu wedj tywod? Pytar efallai?" holodd.

Edrychais yn syn arno. Roedd y dyn yn siarad iaith ddieithr iawn.

"Wyt ti'n chwarae golff?" gofynnodd, gan edrych yn amheus arna i.

Cefais fy nhemtio i ddweud celwydd ond penderfynais nad oedd fawr o bwrpas oherwydd byddai'r dyn yn deall hynny'n syth.

"Na," meddwn i. "Wedi gweld pobol yn chwarae ac awydd mentro rydw i."

"Ar dir ymarfer, ie?"

"Ie," atebais gan benderfynu mentro dweud celwydd bach y tro hwn.

"Dere draw fan hyn," meddai gan fy arwain at gasgliad o glybiau. "Edrych, mae pob clwb yn gwneud i'r bêl fynd pellter gwahanol," eglurodd y dyn.

Roedd golff yn dechrau swnio'n fwy cymhleth nag roeddwn i wedi'i ddisgwyl.

"Haearn rhif saith fyddai'r gorau i ti ar y dechre. Dylet ti daro'r bêl o leiaf gan metr gyda chlwb rhif saith. Ond cofia, nid taro'r bêl yn bell sy'n bwysig ond ei tharo hi'n syth. Dyma ti. Dyma'r clwb i ti. A does dim angen gwario gormod, rhag ofn na fyddi di'n hoffi'r gêm," meddai.

Dechreuais deimlo'n hapus am y tro cyntaf ers tro.

"Deg punt?" meddwn, a thynnu'r arian o 'mhoced yn obeithiol.

Gwenodd. "Wyth bunt ar y sêl," meddai, "a dwy bunt yn sbâr i brynu peli!" A rhoddodd y clwb a dwy bêl i mi.

"Diolch yn fawr," meddwn a'i ddilyn at y cownter i dalu.

"Croeso, a phob lwc i ti. Pwy a ŵyr? Efallai y byddi di'n chwarae yng Nghwpan Ryder dy hun rhyw ddydd. Os byddi di, paid ag anghofio mai fi werthodd dy glwb cynta i ti."

Er nad oeddwn i erioed wedi clywed am y Cwpan Ryder o'r blaen, gwenais arno. Byddai bod yn well na Daniel Edwards yn hen ddigon da i mi heb sôn am ennill cwpan.

"Beth wyt ti wedi'i brynu?" holodd Mam pan gwrddais â hi ac Alys wrth y car.

Agorais y bag hir a dangos y clwb.

"Faint gostiodd hwnna i ti?" holodd Mam. "Oedd e'n ddrud?"

Pan glywodd hi ei bris a fy mod wedi defnyddio fy nghynilion i dalu amdano, er mawr syndod i mi, aeth yn syth i'w phwrs a rhoi deg punt i mi. Roedd hynny'n haeddu cusan.

"Ble wyt ti'n mynd i chwarae golff, 'te?" holodd Alys, yn amlwg yn anfodlon fy mod i wedi cael yr arian.

"Yn yr ardd," atebais, gan geisio swnio'n ddifater. "Mae digon o le yn yr ardd."

"Wyt ti'n siŵr fod digon o le yn yr ardd?" holodd Alys â'i llais yn llawn amheuon.

"Wrth gwrs bod digon o le yn yr ardd," atebais yn bendant.

"Wel, gwylia nad wyt ti'n torri unrhyw ffenest, ta beth," meddai Mam, a diolchais ei bod hi'n gwybod llai am golff na fi hyd yn oed.

Byddai'n rhaid i mi fod yn amyneddgar a chynllunio'n ofalus er mwyn i fy nhro cyntaf ar chwarae golff fynd yn iawn. Fy mwriad oedd cadw'r antur newydd yn gyfan gwbl i mi fy hunan. Gallai cael fy nal ar dir y cwrs golff ladd fy mreuddwyd o daro'r bêl wen a'i glanio'n dwt ar y lawnt yno. Ond roeddwn i'n ysu am gael tro, felly, yn syth ar ôl swper y noson honno, mi es i'n stafell wely ac eistedd ar fy ngwely i wylio'r cwrs. Bues i yno am amser hir yn gwylio golffwyr yn dod rownd y gornel dro ar ôl tro. Yna dechreuodd y cysgodion ymestyn a ni ddaeth golffiwr arall i'r golwg wedyn. Ond, rhag ofn, arhosais am chwarter awr arall. Roedd hi'n dechrau tywyllu erbyn hynny a doedd dim amser i'w golli.

Gafaelais yn y clwb, rhoi'r tair pêl yn fy mhoced a cherdded yn ddistaw bach i lawr y grisiau. Roedd Mam ac Alys yn rhy brysur yn gwylio'r teledu i sylwi arna i'n sleifio drwy'r drws cefn i'r ardd. Edrychais o gwmpas yn ofalus ac roedd y cwrs yn dal i fod yn wag. Neidiais dros y wal gan afael yn dynn yn y clwb. Edrychais o 'nghwmpas eto ond doedd dim sôn am neb. Tynnais un o'r peli o 'mhoced a'i gosod ar y ddaear. Roeddwn i lai na chan metr o'r lawnt felly os oedd dyn y siop yn iawn dylai'r bêl gyrraedd yno'n hawdd. Ceisiais gofio beth roedd Daniel Edwards a'r holl olffwyr eraill y bues i'n eu gwylio wedi'i wneud. Edrychais ar y lawnt ac yna edrych ar y bêl. Wedyn ymarfer ei tharo. Yna paratoi i roi ergyd go iawn i'r bêl. Roedd yr awr fawr wedi cyrraedd! Sefais uwchben y bêl a thynnu'r clwb yn ôl. Gyda'm holl nerth chwipiais y clwb at y bêl ac edrych tuag at y lawnt i weld lle roedd hi am lanio. Ond y fath siom. Roedd y bêl yn dal i orwedd wrth fy nhraed! Roeddwn i wedi methu â'i tharo!

Ceisiais unwaith eto a dim ond llwyddo i daro'r awyr unwaith eto. Y trydydd tro wnes i ddim tynnu fy llygaid oddi ar y bêl a llwyddo i'w symud ... ddeng metr. Deng metr! Roedd y dyn yn y siop wedi dweud y byddwn yn ei tharo tua chan metr! Roedd hon yn gêm fwy anodd nag roeddwn i wedi meddwl.

Cerddais yn siomedig ar ôl fy mhêl ac edrych draw at y lawnt. Roeddwn i'n benderfynol y byddai'r bêl yn glanio ar y lawnt y tro hwn. Dyma ymarfer yn gyntaf ac yna sefyll wrth y bêl a thynnu'r clwb yn ôl yn araf. Yna, gan gadw fy llygaid ar y bêl, mi ddois â'r clwb i lawr at y bêl, ei methu eto a'r clwb yn suddo i'r ddaear! Cynigiais unwaith eto a'r tro hwn taro'r bêl fel ei bod hi'n rhedeg yn gyflym ar y ddaear a heibio i'r twll.

"Pam? Pam? Pam!" gwaeddais, a rhedeg tuag at y lawnt. Pan oeddwn i ar fin cyrraedd clywais lais roeddwn i wedi'i glywed o'r blaen yn gweiddi:

"Hei, ti! Dere oddi ar y lawnt 'na, nawr!"

Trois yn ôl gan wybod y byddwn yn gweld y dyn cas oedd wedi fy ngorfodi i gerdded adre ar hyd y ffordd. Ac roedd e'n carlamu tuag ata i nawr.

Edrychais o gwmpas i chwilio am ffordd i ddianc ond, yn anffodus, oni bai fy mod i'n dringo dros y wal i ardd rhywun dieithr, doedd dim posib dianc. Ac roedd y dyn blin rhyngof i a'n gardd ni ac yn agosáu'n gyflym. Penderfynais ddefnyddio fy sgiliau rygbi. Cyn iddo fy nghyrraedd dyma fi'n ei ochrgamu a rhedeg nerth fy nhraed at wal ein gardd ni.

"Paid â meddwl dy fod ti wedi dianc, y cnaf bach!" gwaeddodd ar fy ôl i. "Mi fydda i'n cysylltu â dy ysgol peth cynta bore fory."

Roeddwn i wedi cyrraedd y wal erbyn hyn ac roedd ei dringo gyda clwb golff yn fy llaw braidd yn anodd. Teflais y clwb dros y wal, felly, neidiais innau ar ei ôl a glanio'r ochr arall a 'ngwynt yn fy nwrn a 'nghalon yn curo fel morthwyl.

"A! Fan'na wyt ti'n byw, ife?" gwaeddodd y dyn blin.

Am dwpsyn wyt ti, Marc, meddyliais, ond roedd hi'n rhy hwyr. Roeddwn i mewn trwbl nawr.

5 Enw Newydd

Eisteddais yno â 'nghefn yn erbyn y wal i gael fy ngwynt ataf ac i weld beth fyddai'r dyn yn ei wneud nesa.

Gallwn ei glywed yn nesáu at y wal.

"Na, paid ti â meddwl am eiliad dy fod ti wedi dianc," meddai'n gas cyn cerdded i ffwrdd.

Wedi munud neu ddwy codais yn araf, cydio yn y clwb golff a cherdded i'r tŷ gan geisio ymddangos fel petai dim byd wedi digwydd.

"Gêm dda?" holodd Mam.

"Oedd, diolch," atebais gan geisio swnio'n llon. "Mae digon o le yn yr ardd," ychwanegais.

Mi es yn syth i'm stafell wely ac edrych allan dros

y cwrs. Beth ar y ddaear oedd hwnna'n ei wneud ar y cwrs yr adeg yma o'r nos? meddyliais. Efallai mai dim ond bygwth ffonio'r ysgol er mwyn codi ofn arna i wnaiff e, ac eto, roedd e'n swnio mor gas. Roedd hi'n anodd cysgu'r noson honno ac yn fwy anodd byth mynd i'r ysgol y bore wedyn.

Wedi cyrraedd yr ysgol ni fu'n rhaid aros yn hir i ddarganfod a oedd y dyn o ddifri ynglŷn â'i fygythiad ai peidio.

"Rydw i am i'r bechgyn i gyd aros yma ar ddiwedd y gwasanaeth," cyhoeddoedd Mrs Ifans y pennaeth.

Edrychodd pawb ar ei gilydd mewn penbleth. Y fi oedd yr unig un o'r disgyblion oedd yn gallu dyfalu pam roedd hi am ein gweld. Ac, yn anffodus, roeddwn i'n iawn.

"Dwi'n siomedig iawn fy mod yn gorfod cyhoeddi hyn," meddai'r pennaeth ar ôl i'r merched adael, "ond rydw i wedi derbyn cwyn oddi wrth un o aelodau pwysica'r clwb golff lleol."

Edrychodd pawb ar ei gilydd.

"Ffoniodd capten y clwb fi neithiwr i gwyno fod un

ohonoch chi wedi bod yn chwarae ar y cwrs golff heb ganiatâd."

Teimlais lygaid Steffan a Tomos arna i. Mi geisiais edrych mor ddiniwed â phosib.

"Chi'n gwybod yn iawn pwy 'ych chi ac rydych chi'n ffodus iawn y tro hwn. Roedd y capten eisiau mynd at yr heddlu ond mi wnes i ei berswadio i beidio. Ond os fydd unrhyw un yn cael ei ddal yn chwarae ar y cwrs golff heb ganiatâd eto bydd yr heddlu'n dod i'ch cartref. Ydych chi'n deall?"

"Ydyn, miss," atebodd pawb.

"Ti fuodd ar y cwrs, ontife?" mentrodd Steffan ar y ffordd allan o'r gwasanaeth.

"Wir? Ti oedd y Prif yn sôn amdano?" holodd Tomos, yn wên o glust i glust.

"Mae'r peth mor annheg," atebais. "Cwrs golff gwag, a dim ond tro bach roeddwn i eisie."

"Wedes i wrthot ti mai snobs ydyn nhw," meddai Steffan yn uchel, wedi iddo sylwi fod Daniel Edwards yn nesáu tuag aton ni.

"Cau dy geg, Steffan," meddai Daniel Edwards. "Ti fuodd ar y cwrs ontife, Marc Montgomery?"

meddai gan droi ata i. "Pam ddylet ti gael chwarae am ddim a ninnau'n gorfod talu? E?"

Yna safodd a'i wyneb yn rhy agos at fy wyneb i, a sathru'n slei ar fy nhroed yr un pryd.

"Efallai bod 'da ti'r enw iawn i chwarae golff ond os nad oes 'da ti'r arian i ddod yn aelod, cadwa oddi ar y cwrs. Wyt ti'n deall?" meddai a cherdded i ffwrdd.

"Un cas yw hwnna," meddai Tomos.

"Beth oedd e'n feddwl, fod 'da fi'r enw iawn i chwarae golff? Sut mae Marc yn enw da i chwarae golff?" holais.

Edrychodd Steffan a Tomos ar ei gilydd yn syn.

"Nid Marc sy'n enw da, y twpsyn, ond Montgomerie. Dwyt ti erioed wedi clywed sôn am Colin Montgomerie?" meddai Tomos mewn syndod.

"Naddo, erioed. Pwy yw e?"

"Golffiwr enwog yw e ac maen nhw yn ei alw'n Monti," atebodd Steffan, "ac eleni fe yw capten tîm golff Ewrop yn y Cwpan Ryder."

Cofiais fod dyn y siop chwaraeon wedi sôn am y Cwpan Ryder 'ma hefyd a phenderfynais yn y fan a'r lle fod angen mynd ati i ddarllen am y gêm roeddwn i'n gwybod dim amdani.

"Falle fod Colin Montgomerie yn perthyn i ti," meddai Tomos.

"Na, dwi ddim yn meddwl," atebais.

"Hei, y Monti arall ydi hwn, Tomos," meddai Steffan gan chwerthin. "Ond mai hwn yw'r Monti bach!"

Chwarddodd Tomos.

"Monti bach!" ychwanegodd Steffan. "Dwi'n hoffi hynna."

Perthyn neu beidio, o'r funud honno roeddwn i wedi cael enw newydd gan y ddau.

"Cadwa draw oddi wrth Daniel Edwards a'i griw, Monti," meddai Tomos yn fwy difrifol. "Fe allen nhw wneud dy fywyd di'n ddiflas."

"Mi wna i," atebais.

Ond yr hyn na ddywedais wrth y ddau oedd fod ymddygiad y snichyn Daniel 'na wedi fy ngwneud yn fwy penderfynol fyth i wireddu fy mreuddwyd o gael tro ar y cwrs golff. Fy nghamgymeriad y tro diwethaf oedd cael fy nal, felly penderfynais fod yn fwy gofalus y tro nesa. Codi'n fore oedd yr ateb a neidio dros y wal fel roedd y wawr yn torri.

Ond, cyn hynny, roeddwn i am fynd i'r llyfrgell leol. Cafodd Mam dipyn o sioc pan ddywedais wrthi fy mod i'n bwriadu galw yn y llyfrgell ar fy ffordd adre o'r ysgol drannoeth ond roedd yn amlwg ei bod hi'n hoffi'r syniad. Doeddwn i erioed o'r blaen wedi bod mewn llyfrgell heblaw am un yr ysgol ac ro'n i braidd yn nerfus wrth fynd drwy'r drysau gwydr. Ond, er syndod i mi, cefais groeso gan y ferch y tu ôl i'r cownter a chael cymorth i chwilio am wybodaeth am golff. Cyn pen dim, roeddwn i wedi cael llwyth o wybodaeth oddi ar y cyfrifiadur ac wedi cael benthyca llyfrau ar sut i chwarae golff i fynd adre gyda fi.

Y noson honno, bues i'n pori yn y llyfrau am yn ail ag edrych allan drwy'r ffenest ar y cwrs golff oedd erbyn hyn yn datblygu i fod yn sialens roedd yn rhaid i mi ei gwireddu, fel mynydd uchel oedd yn mynnu cael ei ddringo.

Bore fory amdani, meddyliais, cyn gosod y larwm i ganu am bump y bore, gan ofalu rhoi'r cloc o dan y gobennydd rhag iddo ddeffro Mam ac Alys. Ond pan ganodd y peth am bump cefais fy nhemtio i aros dan y dillad gwely. Yna sylwais ar y goleuni'n treiddio drwy'r llenni. Doedd dim eiliad i'w golli. Codais a newid yn gyflym, cydio yn y clwb a'r tair pêl a llithro i lawr y grisiau fel llygoden.

Caeais y drws cefn yn dawel ar fy ôl cyn brasgamu at waelod yr ardd a dringo i ben y wal. Roedd y cwrs mor dawel â'r bedd felly disgynnais oddi ar y wal a gosod fy mhêl ar y *fairway* neu rhodfa – gair roeddwn newydd ei ddysgu y noson cynt – ac edrych draw at y faner. Ceisiais gofio beth roeddwn i wedi'i ddysgu yn un o'r llyfrau a chymerais ofal mawr sut roeddwn i'n gafael yn y clwb a sefyll wrth y bêl. Yna, unwaith roeddwn i'n fodlon, codais y clwb a tharo'r bêl gan gadw fy mhen i lawr yn union fel y disgrifiad yn y llyfr. Roeddwn i'n llawn balchder wrth wylio'r bêl fach wen yn hedfan yn berffaith syth drwy'r awyr cyn glanio'n dwt ar y lawnt tua dau fetr o'r twll. Trueni nad oedd gen i bytar i geisio'i tharo i mewn, meddyliais, ond rhywbeth i'r dyfodol fyddai hynny.

Am y tro, roedd yn rhaid bodloni ar daro'r bêl tua chan metr a cheisio gwneud hynny'n gyson. O leiaf roeddwn i wedi dysgu rhywbeth wrth ddarllen y llyfrau.

Cerddais yn ôl tua chan metr i gael tro arall arni ond, yn anffodus, roeddwn i wedi dechrau mynd yn rhy hyderus a hedfanodd y bêl i ardd un o'n cymdogion.

"Wps, wedi colli un!" meddwn wrthyf fy hunan. Cymerais fwy o ofal gyda'r ddwy nesa a llwyddo i'w taro o fewn ychydig gentimetrau o'r twll.

Cerddais at y lawnt a chodi'r peli gan roi cusan i'r ddwy. Ond byr iawn y parodd fy hapusrwydd oherwydd wrth droi yn ôl cefais sioc fy mywyd. Pwy oedd yn cerdded i lawr y rhodfa at ei phêl ond Mrs Ifans, prifathrawes fy ysgol newydd!

Doedd dim posib ei hosgoi a phenderfynais na fyddai ceisio ochrgamu'r brifathrawes fel y gwnes i i osgoi capten y clwb yn syniad call.

"Bore da," meddai'n serchog. "Marc Montgomery, ontife?"

"Ie. Bore da, miss," atebais yn euog.

"Mae'n amlwg na wnest ti ddim fy nghlywed i'n iawn, Marc, neu dy fod ti heb wrando arna i," meddai'n dawel.

"Naddo, miss. Mae'n ddrwg 'da fi," atebais gan syllu ar y ddaear.

"Mae'n well i ti ddod i fy ngweld i'n syth ar ôl i ti gyrraedd yr ysgol y bore 'ma," meddai gan ddechrau paratoi i daro'i phêl.

"Iawn, miss."

Symudais o'i ffordd ac aros yn llonydd tra oedd hi'n taro'i phêl. Sylwais yn fanwl ar sut roedd hi'n sefyll ac yn dal ei chlwb. Yna gwyliais ei chlwb yn sgubo'r bêl oddi ar y llawr cyn iddi lanio ychydig y tu ôl i'r twll ac yna, er syndod i mi, gweld y bêl yn adlamu'n ôl tuag at y twll.

"Waw! Sut wnaethoch chi hynna, miss?" gwaeddais, yn llawn edmygedd.

"Dere i fy ngweld i yn yr ysgol a phaid â bod yn hwyr," meddai hi'n gadarn a cherdded i ffwrdd. Wrth iddi fynd tybiais fy mod i wedi gweld gwên fechan ar ei hwyneb ond efallai mai dychmygu hynny wnes i.

Yn sicr doedd dim gwên ar fy wyneb i wrth feddwl

am orfod egluro i Mam fy mod i mewn trwbl lai nag wythnos ar ôl cyrraedd fy ysgol newydd. Fel petai gan honno druan ddim digon o broblemau. Beth ar y ddaear roedd y brifathrawes yn ei wneud ar gwrs golff mor gynnar yn y bore ta beth?

6 Gwaith Newydd

Neidiais dros y wal a llitho'n ôl i'r gwely'n dawel heb i Mam nac Alys fy nghlywed. Amser brecwast bu bron i mi ddweud y cyfan wrth Mam ond penderfynais beidio. Roedd yn well aros i weld beth fyddai'r brifathrawes yn ei wneud gyntaf, meddyliais. Er, petai Mam yn gorfod ateb y drws i blismon, yna fe fyddai'n cael sioc ofnadwy.

Mi wnes yn siŵr nad oeddwn yn taro ar Steffan a Tomos na'r snichyn Daniel Edwards 'na wrth gyrraedd yr ysgol. Roedd fy nghalon yn curo'n gyflymach nag arfer wrth i'r ysgrifenyddes fy nhywys i mewn i stafell y brifathrawes. Ond cefais ddigon o nerth o rywle i agor fy ngheg cyn iddi hi ddechrau bytheirio.

"Mae'n wir ddrwg gen i, miss, roeddwn i'n anghyfrifol a dwi'n addo peidio mynd ar gyfyl y cwrs eto. Gobeithio wnewch chi ddim galw'r heddlu, miss, achos bydde Mam yn torri'i chalon – mae ganddi lwyth o broblemau ar hyn o bryd," crefais.

"Eistedda, Marc," meddai'r brifathrawes yn rhyfeddol o garedig. "Dylet ti fod wedi meddwl am hynny cyn tresbasu ar y cwrs. Ac fe gest ti ddigon o rybudd, yn 'dofe?"

"Do, miss. Mae'n ddrwg 'da fi ond doeddwn i ddim yn gwneud dim drwg i neb," meddwn.

"Ond does 'da ti ddim hawl i fod yna," meddai'n bendant.

Wnes i ddim ateb, dim ond syllu ar y llawr. Ac yna daeth cwestiwn annisgwyl.

"Ers faint wyt ti'n chwarae golff?" holodd y brifathrawes.

Codais fy mhen.

"Dim ond ers wythnos, miss," meddwn yn dawel.

"Beth?"

Doedd hi'n amlwg ddim yn fy nghredu i.

"Ers wythnos?" holodd Mrs Ifans.

"Doeddwn i ddim wedi gweld cwrs golff yn iawn cyn symud i fan hyn, miss. Ac erioed wedi gweld neb yn chwarae o'r blaen."

"Rhyfeddol!" meddai'r brifathrawes.

"Dwi'n gallu gweld y cwrs o'm stafell wely ac mae gwylio pobol yn chwarae wedi codi awydd arna i i fentro."

"Mae dy symudiad mor naturiol a diymdrech ac fe wnest ti daro dwy bêl gampus i'r lawnt, Marc."

"Diolch, miss. Dwi wedi bod yn darllen llyfre a gwylio pawb yn chwarae er mwyn dysgu mwy," atebais. "Dwi'n hoffi gwneud pethe'n iawn."

"Diddorol," meddai Mrs Ifans.

"Mae'n ddrwg 'da fi, miss, dwi'n gwybod na ddylwn fod yno ond mae bod yn aelod yn costio gormod a dim ond hanner twll roeddwn i'n ei iwsio ta beth."

"Does 'da ti mo'r hawl i chwarae chwarter twll heb fod yn aelod, Marc."

"Wnewch chi ddim dweud wrth Mam, wnewch chi, miss?" crefais. "Bydde hi'n torri'i chalon."

Yna dechreuodd fy holi am fy hen ysgol a pham roedden ni wedi symud tŷ. Ar ganol egluro iddi dechreuodd y dagrau gronni yn fy llygaid.

"Wela i," meddai'r brifathrawes.

Cafwyd distawrwydd lletchwith tra oedd Mrs Ifans yn meddwl.

"Os wna i faddau i ti y tro yma, wnei di addo peidio â mynd ar y cwrs heb ganiatâd eto?" meddai'n garedig.

Oedd gen i ddewis? Nac oedd.

"Gwnaf," meddwn gan sychu fy llygaid â'm llawes.

"Iawn, fe anghofiwn ni am beth ddigwyddodd bore 'ma, felly, a wna i ddim dweud wrth neb. A phaid tithe â sôn wrth neb chwaith rhag iddo ddod i glustie aelod arbennig o'r clwb."

"Iawn, miss. Diolch yn fawr, miss," meddwn gyda rhyddhad mawr.

"Cyn belled â dy fod ti'n cadw dy addewid, cofia."

"Dwi'n addo, miss."

Roedd y peth mor annheg. Cwrs golff ar waelod fy ngardd a finnau bron â thorri 'mol eisiau chwarae yno, ond yn methu. Ond doedd gen i ddim dewis.

Roeddwn i wedi rhoi fy ngair i'r brifathrawes ac mi wyddwn pe bawn i'n mentro unwaith eto a chael fy nal mi faswn i yn nwylo'r heddlu. Gwaetha'r modd, roedd yn rhaid derbyn nad oedd y freuddwyd o chwarae golff ar y cwrs yn mynd i ddigwydd.

Byddai'n rhaid bodloni ar eistedd ar y wal a gwylio eraill yn chwarae ar y cwrs. Dyna roeddwn i'n ei wneud ychydig ddyddiau wedyn pan ddaeth Daniel Edwards a'i ffrindiau i'r golwg ar y cwrs. Fe gawson nhw hwyl fawr yn edliw i mi nad oedd hawl gen i i chwarae yno.

"Dyna chi un Monti na fydd yn y Cwpan Ryder!" gwaeddodd Daniel Edwards gan bwyntio ataf a gwneud ystumiau annifyr. Chwarddodd ei ffrindiau nes fod eu chwerthin yn atseinio ar hyd y lle.

"Fydde 'da ti ddim syniad sut i chwarae, ta beth," ychwanegodd Daniel Edwards, yn mwynhau'i hun yn fawr.

Fy nhro i oedd chwerthin pan darodd Daniel Edwards ei bêl a gwneud iddi hedfan fel banana i ganol y coed.

"Hoffet ti gael map, Daniel Edwards?" gwaeddais.

Wythnos ar ôl i mi gael fy nal ar y cwrs gan y brifathrawes, digwyddodd rhywbeth annisgwyl iawn. Cefais neges i fynd i'w gweld eto.

"Ti ddim wedi bod ar y cwrs golff eto, wyt ti, Monti?" holodd Steffan pan glywodd y neges.

Gallwn deimlo llygaid Daniel Edwards a'i ffrindiau yn syllu arna i ac yn fy ngwawdio.

"Naddo, Steffan, dydw i ddim wedi bod ar y cwrs," atebais yn bendant, a phan welais fod Daniel Edwards yn dal i wrando, ychwanegais, "dim ond eistedd ar y wal yn gwylio snobs bach wrthi'n trio chwarae golff."

Cododd Daniel Edwards ei ddwrn arna i.

Gwenais yn ffug-gyfeillgar arno a gwneud fy ffordd at stafell y brifathrawes.

"Wyt ti wedi cadw dy addewid, Marc, a heb fod ar y cwrs?" holodd wrth i mi ddod drwy'r drws.

"Ydw, miss. Wir, miss," atebais yn bendant.

Tybed a oedd Daniel Edwards wedi bod yn dweud celwydd amdana i? meddyliais.

"Y cyfan rydw i wedi'i wneud yw eistedd ar wal

ein gardd i wylio pobol yn chwarae, miss," ychwanegais.

"Da iawn. Diolch i ti am gadw at dy air," meddai a gwenu'n gyfeillgar. "Wyt ti'n rhydd ar foreuau Sadwrn a Sul?" holodd wedyn.

"Ydw, siŵr o fod," atebais, yn methu deall pam roedd hi'n holi.

"Wel, mae'r dyn ifanc sy'n rheoli siop y clwb golff eisiau rhywun i'w helpu ar foreuau Sadwrn a Sul yn ystod y chwe wythnos nesaf a phetai gen ti ddiddordeb mae'n barod i roi'r cyfle cyntaf i ti. Hoffet ti hynny? Mae'n fodlon talu rhywbeth bach i ti, wrth gwrs."

Hoffi hynny? Mi fydden i wedi gallu'i chusanu yn y fan a'r lle ond penderfynais nad oedd hynny'n beth call iawn i'w wneud.

"Wyt ti'n meddwl y bydd dy fam yn fodlon?" holodd.

Doeddwn i ddim wedi meddwl am hynny.

"Gofyn iddi heno a gad i mi wybod fory," meddai'r brifathrawes. "Ond cofia, rhaid i ti beidio ag esgeuluso dy waith ysgol."

"Na wna i, miss. Diolch, miss. Diolch yn fawr iawn," meddwn gan deimlo'n fwy hapus nag roeddwn wedi teimlo ers misoedd.

Allwn i ddim aros i roi'r newyddion da i Mam. Ond pan glywodd honno am y cynnig doedd hi ddim mor siŵr.

"Pob wythnos?" holodd yn bryderus. "Rydw i angen help hefyd, cofia," ychwanegodd.

"Plîs, Mam," crefais. "Dim ond am chwe wythnos fydd e."

"Wel, fe fydd yn arian poced ychwanegol i ti, yn' bydd. Iawn. Am chwe wythnos."

"Diolch, Mam! A dyma fi'n rhoi clamp o gusan iddi ar ei boch.

Mi gerddais i mewn i'r ysgol drannoeth yn hapus fel y gog a mynd yn syth at y brifathrawes. Addawodd Mrs Ifans y byddai'n ffonio'r clwb yn ystod y dydd.

Pan ddaeth neges yn ystod y wers wyddoniaeth i ddweud fod y brifathrawes eisiau fy ngweld, edrychodd Steffan a Tomos arna i'n llawn cydymdeimlad oherwydd doeddwn i ddim wedi dweud dim wrthyn nhw am gynnig y brifathrawes. Dechreuodd Daniel Edwards a'i ffrindiau chwerthin yn sbeitlyd ymysg ei gilydd.

Roedd pawb wedi synnu fy mod i'n gwenu ar fy ffordd at y drws. A gwyddwn un peth: ni fyddai Daniel Edwards a'i ffrindiau'n chwerthin erbyn diwedd yr wythnos.

"Mae angen i ti fod yn siop y clwb erbyn hanner awr wedi wyth o'r gloch fore Sadwrn. Gwisga'n daclus," siarsodd y brifathrawes, "a phaid â chroesi'r cwrs," ychwanegodd.

Roeddwn i yno ar gefn fy meic am chwarter wedi wyth yn aros i'r siop agor. Yn y man cyrhaeddodd y dyn ifanc roeddwn i wedi siarad ag o rai wythnosau ynghynt a chefais wybod mai Rob oedd ei enw. O fewn dim roedd Rob wedi rhoi'r dasg o dacluso'r stordy i mi. Roeddwn i'n benderfynol o blesio ac mi fues i'n gweithio fel lladd nadroedd drwy'r bore.

"Ardderchog," meddai Rob pan welodd y stordy. "Rwyt ti'n weithiwr da."

Ac yna fe ofynnodd rhywbeth annisgwyl iawn imi.

"Hoffet ti ddod 'da fi i'r tir ymarfer am ryw chwarter awr cyn mynd adref? Dwi'n deall dy fod ti'n gallu taro pêl yn dda."

Roeddwn i wrth fy modd ac mi ges i hwyl fawr yn ei gwmni a dysgu llawer. Roedd cael Rob i ddangos y ffordd i mi yn llawer gwell na darllen ac edrych ar luniau mewn llyfr.

"Roedd Mrs Ifans yn iawn, Marc. Mae 'da ti ddawn. Mi ddysga i rywbeth newydd i ti fory," meddai Rob.

Allwn i ddim aros.

"Mae'n amlwg dy fod ti wedi mwynhau dy hunan," meddai Mam pan gyrhaeddais adre, ac roedd hi'n berffaith iawn. Na, doeddwn i ddim wedi cael chwarae ar y cwrs ei hun ond roeddwn wedi cael gwneud y peth nesaf i hynny, sef chwarae ar y tir ymarfer a chael gwers am ddim! Ni allai drannoeth gyrraedd yn ddigon buan i mi.

Treuliais fore Sul yn tacluso'r siop, yn ateb y ffôn a chymryd negeseuon ar ran Rob. Fel yr addawodd, aeth y ddau ohonom ar y tir ymarfer am ugain munud ar ddiwedd y bore i ddysgu rhagor am y gêm oedd yn prysur ddod yn obsesiwn gen i erbyn hyn.

Ac roedd gan Rob rywbeth cyffrous i'w gynnig ar ddiwedd y sesiwn.

"Wyt i'n rhydd pnawn fory ar ôl ysgol?" holodd Rob.

"Ydw," atebais gan feddwl bod angen rhagor o help arno yn y siop.

"Hoffet ti chwarae rownd 'da fi?" gofynnodd.

"Ar y cwrs? Y cwrs yma?" holais mewn syndod.

"Ble arall?"

Yna cwympodd fy wyneb pan gofiais nad oedd gen i set o glybiau.

"Dim problem," meddai Rob. "Fe gei di fenthyg fy hen rai i ac mi chwilia i am hen bâr o sgidiau golff i ti hefyd."

Anhygoel. Ar ôl y misoedd o ddiflastod roeddwn i'n mynd i gael ychydig o hapusrwydd yn fy mywyd ac roedd fy mreuddwyd o gael chwarae ar y cwrs ar fin dod yn wir. Ond cyn hynny byddai'n rhaid byw drwy hunllef.

7 Gelynion Newydd

Roeddwn i'n anhygoel o nerfus yn sefyll ar y ti cyntaf y prynhawn Llun hwnnw. Roeddwn i'n cael trafferth peidio crynu. Y tro cyntaf erioed i mi geisio taro pêl oddi ar y ti. Y tro cyntaf yn fy mywyd i mi chwarae rownd o golff. A doeddwn i ddim eisiau siomi Rob na gwneud ffŵl ohonof fi fy hun chwaith.

"Defnyddia'r pren tri yma," meddai Rob, yn llawn anogaeth. "Dychmyga dy fod ti'n defnyddio'r haearn rhif saith a symuda dy gorff yn union fel roeddet ti'n 'i wneud ar y tir ymarfer. Ac ymlacia, da ti!"

Ymlacio wir! Haws dweud na gwneud, ond ceisiais ddilyn ei gyngor. Edrychais o gwmpas a, diolch byth, doedd neb ar gyfyl y lle. Ceisiais gofio popeth roedd Rob wedi'i ddysgu i mi. Sefais y tu ôl i'r bêl a gosod targed i mi fy hunan. Yna sefyll wrth ochr y bêl a gofalu gosod fy nghorff a 'nhraed fel y dywedodd Rob. Cymerais fy amser a thynnu'r clwb yn ôl yn araf. Cadwais fy mhen yn llonydd a dod â'r clwb yn ôl yn gyflym i'w fan cychwyn gan daro'r bêl oddi ar y ti. Rhoddais ochenaid o ryddhad pan welais y bêl fach wen yn hedfan yn syth i lawr y rhodfa. Aeth hi ddim yn bell ond o leiaf roedd hi'n syth.

"Ardderchog, Marc!" meddai Rob. "Ardderchog!"

Yna gosododd Rob ei bêl e ar y ti a'i tharo o leiaf gan metr yn bellach na fy mhêl i. Roedd hi'n amlwg fod gen i lawer i'w ddysgu eto, meddyliais.

Cyrhaeddodd pêl Rob y lawnt gyda'i ail ergyd ond cymerodd hi dair arall i mi. Cysurodd Rob fi drwy ddweud fod pedair ergyd yn dda am gynnig cyntaf. Aeth ati i ddangos i mi wedyn sut i ddefnyddio'r pytar ac roedd clywed y bêl yn syrthio i'r twll yn deimlad hyfryd iawn – er fy mod i wedi gorfod taro'r bêl deirgwaith cyn iddi gyrraedd yno!

Teimlwn yn llawer mwy cyfforddus ar yr ail di ac

unwaith eto llwyddais i daro'r bêl yn weddol syth. Y tro hwn cyrhaeddais y lawnt mewn tri, a chael fy nghanmol gan Rob eto.

Roedd y rownd yn mynd yn dda hyd nes i ni gyrraedd twll deuddeg. Roedd y pedwerydd twll yn rhedeg ochr yn ochr â'r deuddeg ond ei fod yn rhedeg i'r cyfeiriad arall. A phwy a ymddangosodd yn y fan honno ond Daniel Edwards a'i ffrindiau.

Edrychodd y tri tuag atom a'u cegau'n llydan agored a phan waeddodd Rob yn gyfeillgar arnyn nhw anwybyddwyd ei gyfarchiad.

"Beth sy'n bod arnyn nhw heno, tybed? Y rownd heb gychwyn yn rhy dda mae'n amlwg," meddai Rob.

"Na, fi yw'r rheswm," meddwn i.

"Ti? Sut felly?" holodd.

Eglurais iddo'r cyfan oedd wedi digwydd rhyngof i a Daniel Edwards ers i mi gyrraedd yr ardal ac ni allai gredu'i glustiau.

"A finne'n meddwl eu bod nhw'n hen fechgyn iawn. Anghofia amdanyn nhw. Does dim rhaid i ti boeni dim," cysurodd Rob ef.

Ond gwyddwn fod hynny'n haws dweud na gwneud. Allwn i ddim cael Daniel Edwards allan o'm meddwl am weddill y rownd. Beth fyddai'i ymateb wrth fy ngweld i'n chwarae ar y cwrs a hynny gydag un o chwaraewyr proffesiynol y clwb tybed? Gwaetha'r modd, dechreuodd fy ngêm fynd ar chwâl.

"Wedi blino wyt ti ar ôl canolbwyntio mor galed, sbo," meddai Rob.

Ond gwyddwn yn wahanol. Poeni am beth fyddai Daniel Edwards yn ei wneud nesa roeddwn i. Roedd hi'n amhosib i mi ganolbwyntio ar fy ngêm oherwydd hynny.

"Mi wela i di fore Sadwrn, 'te," meddai Rob. "A chofia fod gen ti, fel gweithiwr yn y siop, yr hawl i ddefnyddio'r tir ymarfer."

"Wir?"

"Yn bendant," meddai a gwên lydan ar ei wyneb.

"Ga i fynd yno nos fory?" holais

"Wrth gwrs," atebodd gan chwerthin.

"Iawn. Diolch."

Cododd hynny fy nghalon ond daeth terfyn ar yr

hapusrwydd fore drannoeth yn yr ysgol. Roeddwn i ar fin cerdded allan o'r toiledau pan ddaeth Daniel Edwards a'i ffrindiau Martin a Sam i mewn.

"Helô," meddwn.

"Helô wir," meddai Daniel Edwards gan fy ngwthio yn erbyn y wal, ac ymunodd y ddau arall i'w helpu i fy nal yno.

"Peidiwch, r'ych chi'n fy mrifo i," meddwn.

"Peidiwch, r'ych chi'n fy mrifo i," ailadroddodd Martin mewn llais babïaidd.

"Beth ydw i wedi'i wneud i chi?" holais yn wan oherwydd roedd llaw Daniel Edwards am fy ngwddw.

"Mi ddyweda i beth wyt ti wedi'i wneud, y cachgi bach," meddai Daniel Edwards. "Rhywsut neu'i gilydd rwyt ti wedi gwthio dy hunan ar ein cwrs golff ni heb orfod talu fel pawb arall."

"A sut wnest ti lwyddo i gael chwarae 'da un o'r pros?" holodd Sam, yn sathru'n galed ar fy nhroed.

"Llyfwr yw e," meddai Martin gan roi cic boenus i mi ar fy nghoes. "R'yn ni wedi clywed dy hanes di, Monti. Pet bach newydd y Prif a hithe'n cael gwaith i ti yn y siop."

Sut oedd e'n gwybod? meddyliodd Marc. Yna cofiodd fod tad Martin yn aelod o'r clwb.

"Paid â meddwl am eiliad fod hynny'n rhoi hawl i ti chwarae ar y cwrs ar dy ben dy hunan," meddai Sam wrth roi dwrn yn fy nghefn.

"Ond mae Rob–" dechreuais egluro, ond rhoddodd Daniel Edwards ei law dros fy ngheg.

Ar hynny agorwyd y drws a daeth Steffan a Tomos i mewn a dechrau tynnu'r tri oddi arna i.

"Beth 'ych chi'n meddwl 'ych chi'n 'i wneud y diawled; tri yn ymosod ar un!?" gwaeddodd Steffan.

"Dim ond chwarae oedden ni, Steff," meddai Daniel Edwards gan chwalu fy ngwallt yn ffug-gyfeillgar.

"Cer i *chwarae* rywle arall, Edwards, a chadwa'n glir oddi wrth fy ffrind. Wyt ti'n deall? A chithe hefyd, y cachgwn diawl!" rhybuddiodd Steffan y ddau arall.

Aeth y tri allan gan wenu'n sbeitlyd a gwyddwn na fyddwn i'n cael llonydd wedyn. Er fy mod i'n gwybod fod gan Daniel Edwards a'i ffrindiau ofn

Steffan byddai hwnnw ddim yno i fy amddiffyn bob amser. Byddai gofyn bod yn ofalus, meddyliais, yn enwedig pan fyddwn i ar y tir ymarfer ar fy mhen fy hun. A doeddwn i ddim yn deall pam roedden nhw mor gas tuag ata i. Roedden nhw'n lwcus; roedd eu rhieni nhw'n gallu fforddio talu iddyn nhw fod yn aelodau a chael yr offer iawn. A doeddwn i ddim yn tarfu arnyn nhw mewn unrhyw ffordd.

Penderfynais gadw'r hyn a ddigwyddodd i mi fy hunan. Doeddwn i ddim eisiau achosi mwy o drwbl ac roedd gen i gêm newydd i'w meistroli. Pob noson yr wythnos honno, yn syth wedi dod adref o'r ysgol, byddwn yn neidio ar fy meic ac yn reidio draw i'r clwb ac i'r tir ymarfer. Roedd golff fel petai wedi fy meddiannu! Ac ar fy ffordd i'r clwb fore Sadwrn roeddwn i'n gobeithio y byddai Rob yn cynnig rownd arall i mi.

Wrth agosáu at ddrws y siop gallwn glywed llais Rob yn siarad yn uwch nag arfer â rhywun. Yna clywais Rob yn fy enwi i! Arhosais yn stond a chilio'n ôl ychydig, gan wrando'n astud ar bob gair.

"Fel ro'n i'n dweud, Meic, mae e'n weithiwr da a

basech chi'n rhyfeddu sut mae e wedi cymryd at golff. Mae e'n chwaraewr naturiol a dwi'n credu fod ganddo'r gallu i fod yn chwaraewr da iawn."

"Naturiol neu beidio, dyw e ddim yn aelod ac os wnawn ni roi penrhyddid i un o blant y stad chwarae ar y cwrs byddwn ni'n agor y drws iddyn nhw i gyd. A doedd gen ti ddim hawl i fynd ag e ar y cwrs, ta beth, ag ynte ddim yn aelod," arthiodd Meic.

"Drychwch, mi wn i mai chi yw capten y clwb ond fi sy'n rhedeg y siop a felly mae Marc yn cael aros. Ar ben hynny dwi'n benderfynol o roi cyfle iddo ddatblygu ei ddawn," clywais Rob yn dweud.

"Mi gawn ni weld am hynny," atebodd Meic gan stompio allan o'r siop.

Pan welodd fi'n sefyll tu allan i'r drws, safodd yn stond. Edrychodd yn gas arna i ac agorodd ei geg i ddweud rhywbeth ond ddaeth dim gair mas. Cerddodd i ffwrdd gan regi dan ei anadl.

Cerddais i mewn i'r siop. "Mae'n ddrwg 'da fi, Rob," meddwn.

"Am beth, 'te?" holodd Rob fel petai dim byd wedi digwydd.

"Am achosi trafferth i chi," atebais.

"Beth? Fe glywest ti'r sgwrs, dofe?"

"Do. Ydw i'n mynd i golli fy ngwaith yn y siop?" holais yn bryderus.

"Dim o gwbl. Paid â chymryd sylw o'r bwbach yna. Falle mai Meic Thomas yw'r capten ond fi sy'n rheoli'r siop 'ma."

"Ond bydd dim hawl 'da fi i ymarfer o hyn ymlaen, na fydd?" holais.

"Wrth gwrs y cei di ymarfer," meddai Rob. "A dwi wedi bod yn meddwl yn ystod yr wythnos."

"O?"

"Do. Mae 'da fi syniad i'w gynnig i ti. Yn lle talu cyflog i ti beth petawn i'n talu tâl aelodaeth y clwb drosot ti a tithe'n fy nhalu i'n ôl drwy weithio yn y siop? Fyddet ti'n fodlon ar hynny?" meddai.

"Bodlon? Mi fydden i wrth fy modd, Rob."

"Iawn, felly dyna wnawn ni. Wedyn bydd 'da neb hawl i dy atal di rhag chwarae ar y tir ymarfer na'r cwrs. Bydd 'da ti gystal hawl â nhw."

"O diolch, Rob. Diolch yn fawr," meddwn mor hapus â'r gog.

"Ac unwaith wyt ti'n aelod bydd rhaid i mi chwarae tair rownd swyddogol gyda ti a rhoi dy sgôr i'r ysgrifennydd er mwyn i ti gael handicap swyddogol.

Roedd hi'n anodd credu'r peth. Y fi yn aelod o'r clwb a gennyf yr un hawliau â Daniel Edwards a'i ffrindiau. Yna diflannodd y wên o 'ngwyneb. Pan fyddai'r tri hynny'n clywed fy mod i'n aelod yna fe fydden nhw'n sicr o geisio gwneud fy mywyd yn uffern.

8 Profiad Newydd

Roeddwn i'n benderfynol o wneud fy ngorau glas yn y siop ac ar y cwrs golff er mwyn dangos i Rob gymaint roeddwn i'n gwerthfawrogi ei ffydd ynof i. Ond roedd Daniel Edwards a'i ffrindiau yr un mor benderfynol o wneud eu gorau glas i wneud pethau'n anodd i mi.

Roeddwn i'n gwybod mai un ohonyn nhw oedd wedi rhoi hoelen yn nheiar blaen fy meic un dydd Sul fel bod rhaid i mi ei gario'r holl ffordd adref. Daeth Martin a Sam i mewn i'r siop un prynhawn Sadwrn a dweud wrth Rob fy mod i wedi rhoi'r newid anghywir iddyn nhw pan oeddwn i yno ar fy mhen fy hunan. Yn ffodus i mi doedd Rob ddim yn gadael i mi werthu dim byd heb ei fod e'n bresennol hefyd. Ac un tro, pan oeddwn yn chwarae ar y cwrs ar fy mhen fy hunan mi ddois i ar draws Daniel Edwards a'r ddau arall. Dechreuais boeni wrth i Daniel Edwards gerdded tuag ata i, er y gwyddwn na allai wneud rhyw lawer gan fod pobl eraill ar y cwrs. Gwenodd yn sbeitlyd arna i ac yna cododd fy mhêl pan nad oedd neb yn gwylio a'i thaflu'n slei i'r llyn cyfagos.

Ei anwybyddu wnes i a gosod pêl arall yn ei lle.

Yna digwyddodd rhywbeth braf. Un dydd Sadwrn, tua diwedd y prynhawn, daeth gŵr a gwraig i'r siop a holi am gael chwarae rownd ar y cwrs.

"Dim problem," meddai Rob.

Pan holodd y dyn a oedd gan Rob lyfryn yn rhoi manylion am bellterau'r tyllau ac ati gan nad oedd y ddau wedi chwarae yno o'r blaen, clywais Rob yn dweud:

"Mae 'da fi rywbeth gwell na hynny. Gallai fy nghynorthwy-ydd Marc ddod o gwmpas gyda chi. Iawn, Marc?"

"Iawn," atebais yn syn.

"Ardderchog," meddai'r gŵr dieithr. "Diolch yn fawr iawn."

A dyna a ddigwyddodd ac fe gawson ni'n tri rownd ardderchog. Mi ges i gusan gan y wraig ar ddiwedd y rownd (mae'n debyg mai dyna'r arferiad). Ysgwyd fy llaw wnaeth y gŵr (diolch byth!) ac yna rhoi papur deg punt i mi!

"Na. Does dim rhaid i chi," meddwn i.

Ond roedd y gŵr yn benderfynol.

"Roeddet ti'n gymorth mawr i ni, Marc. Ond mae un peth yn ddirgelwch i mi," meddai gan wenu.

"Beth felly?" holais.

"Dy fod ti'n dweud mai ugain ydi dy handicap a tithe'n chwarae mor dda."

Pan eglurais iddo mai dim ond ers symud i'r ardal ychydig dros fis yn ôl roeddwn i wedi bod yn chwarae golff cafodd syndod mawr.

"Newydd symud i'r ardal r'yn ninnau hefyd," meddai'r wraig. "Ac yn chwilio am gwrs golff i ymuno ag e. Ydi pawb mor gyfeillgar â ti yma?" holodd.

"Bron iawn pawb," atebais.

A chwarddodd y ddau.

Yr wythnos ganlynol roedd gan Rob newyddion da i mi. Yn gyntaf roedd ysgrifennydd y clwb wedi dweud wrtho fod y gŵr a'r wraig wedi ymaelodi ac wedi dweud mai'r prif reswm dros ddewis y clwb hwn oedd y croeso gawson nhw gan fachgen o'r enw Marc!

"Mae 'da ti bedwar ffrind yn y clwb, ta beth, Marc," meddai Rob gan wenu.

Roedd yr ail bwt o newyddion yn fwy cyffrous fyth. Roedd y clwb wedi penderfynu trefnu cystadleuaeth arbennig ar gyfer ieuenctid ar ddiwedd y mis ac yn cynnig gwobr arbennig i'r tri chystadleuydd gorau, sef dau docyn yr un i fynd i weld rownd gyntaf y Cwpan Ryder yng Nghasnewydd.

"Y newyddion drwg yw y bydd rhaid i ti chwarae gyda handicap o ddeunaw ac oddi ar y tïau gwyn," meddai Rob. "Ond os wnei di ganolbwyntio a chwarae'n gyson dwi'n credu fod 'da ti siawns dda i gael dy ddwylo ar bâr o docynnau."

"Hy!" atebais. "A bydd moch yn hedfan uwchben y cwrs hefyd."

Er, yn dawel fach, wrth gwrs, ro'n i'n gobeithio mai ef oedd yn iawn.

Wythnos cyn y gystadleuaeth rhoddwyd trefn y chwarae ar yr hysbysfwrdd yng nghyntedd y clwb a chefais siom aruthrol. Roedd pawb i chwarae mewn grwpiau o bedwar ac roeddwn i wedi cael fy rhoi yn yr un grŵp â Daniel Edwards. Doeddwn i ddim yn adnabod y ddau arall. Yn sydyn iawn doeddwn i ddim yn edrych ymlaen at y gystadleuaeth ond roedd yn rhaid ceisio fy ngorau er mwyn Rob.

Ar fore'r gystadleuaeth cyrhaeddais y clwb mewn da bryd i gael ychydig o ymarfer, a phwy oedd yno o 'mlaen i ond Daniel Edwards.

"Oeddech chi ddim yn gwybod fod *Monti*'n chwarae yn y gystadleuaeth, oeddech chi?" gwaeddodd Daniel i gyfeiriad y plant eraill. "Ond peidiwch â phoeni, does fawr o siâp chwarae golff ar y Monti hwn – Monti bach!" chwarddodd.

Chwarddodd ambell un gydag e. Anwybyddwyd e gan eraill ond gallwn synhwyro fod nifer yn cydymdeimlo â fi. Fe wnaeth un hyd yn oed roi winc i fi.

Cyrhaeddais y ti cyntaf yn brydlon a phwy oedd yn sefyll yno ond Meic Thomas, capten y clwb. Fe oedd yn gyfrifol am gychwyn pob grŵp. Fy anwybyddu'n llwyr wnaeth e.

Trodd fy stumog pan welais Daniel yn cerdded at y ti. Roedd dau fachgen arall, Twm a Jason, yn cydgerdded ag e. Penderfynwyd ym mha drefn roedden ni am daro'r bêl oddi ar y ti cyntaf ac ysgydwodd pawb law â'i gilydd. Gwenodd Twm a Jason yn gyfeillgar arna i a dymuno pob lwc i mi. Gwên fach gas oedd ar wyneb Daniel wrth iddo wasgu fy llaw heb ddweud dim.

Saethodd Twm ei bêl yn bell i lawr y rhodfa. A dilynwyd hi gan bêl Jason. Y fi oedd y trydydd i daro'r bêl a cheisiais gofio popeth roedd Rob wedi'i ddysgu i mi. Hedfanodd fy mhêl i'n syth i lawr y rhodfa ac er nad oedd mor bell â'r ddwy gyntaf roedd mewn lle da.

"Siot!" meddai Jason.

Edrychodd Meic Thomas y capten yn syn.

"Diolch," atebais gan sefyll yn ôl i adael i Daniel gymryd ei dro.

Crymanodd ei bêl fel banana i'r coed ar ymyl y twll cyntaf.

"Damia!" rhegodd.

"Anlwcus," meddai Meic Thomas.

Cefais waith i beidio â gwenu ond cofiais fod angen bod yn gwrtais ar gwrs golff.

Cerddodd y pedwar ohonom at ein peli a phan welodd Daniel Edwards lle roedd ei bêl e'n gorwedd, rhegodd eto. Roedd e wedi cael dechreuad gwael i'w rownd.

Roeddwn i'n teimlo'n gyfforddus yng nghwmni Twm a Jason ac, er y gwyddwn nad oedd gen i obaith ennill y gystadleuaeth, roeddwn yn benderfynol o fwynhau'r profiad o chwarae yn fy nghystadleuaeth gyntaf.

Er i Daniel daro ambell ergyd dda, o ddrwg i waeth aeth pethau iddo. Erbyn y nawfed twll roeddwn yn teimlo drosto; hanner ffordd rownd y cwrs a gwyddai'n barod nad oedd ganddo obaith yn y byd o ennill y tocynnau i fynd i weld y Cwpan Ryder.

Er nad oeddwn i cystal â Twm a Jason roeddwn

yn gyson ac roedd fy sgôr ar bob twll yn barchus. Yn wir, synnais fy hunan drwy gael par ar ddau dwll a phluen ar y par tri ar y ffordd allan, a phedwar par ar y ffordd yn ôl.

"Rownd ardderchog," meddai Twm wrth ysgwyd llaw â fi ar y deunawfed – y twll olaf.

"Ie wir," meddai Jason. "Gan gofio dy handicap, mae 'da ti siawns dda o fod yn agos iawn i'r brig."

Anhygoel, meddyliais, ac yna digwyddodd rhywbeth annisgwyl.

"Do, mi wnest ti chwarae'n dda iawn," meddai Daniel, ond wnaeth e ddim ysgwyd fy llaw.

Ac allwn i ddim credu fy nghlustiau chwaith pan gyhoeddodd y capten y canlyniadau ar ddiwedd y prynhawn. Roedd golwg go syn ar ei wyneb wrth iddo ddarllen y papur o'i flaen.

"Yn gyntaf mae Twm Parry," cyhoeddodd y capten.

"Yn ail mae Siôn Roberts," cyhoeddodd. "Ac yn drydydd mae ... ym ... Marc Montgomery."

I ddechrau roeddwn i'n credu fy mod i wedi clywed yn anghywir nes i Rob redeg ata i a dweud:

"Llongyfarchiadau, Marc," meddai gan fy nharo'n ysgafn ar fy nghefn. "Da iawn ti. Meddylia! Trydydd yn y gystadleuaeth gynta i ti fod ynddi, ac ennill dau docyn i fynd i weld y Cwpan Ryder! Dyna lwc fy mod i wedi dy ddarganfod di."

"Hym, esgusoda fi, Rob, ond nid ti wnaeth ei ddarganfod," meddai llais o'r tu ôl iddo. "Y fi wnaeth ddarganfod y Monti yma," meddai Mrs Ifans y brifathrawes, a chwarddodd y ddau.

Daeth Sam Lewis draw i ysgwyd fy llaw gan lusgo Martin gydag e, ond eistedd yn dynn yn ei gadair wnaeth Daniel Edwards. Pan welodd e fi'n edrych i'w cyfeiriad aeth i boced ei grys, estyn dau docyn o'i boced a'u chwifio o'i flaen. Tybed a oedd ei dad eisoes wedi prynu tocynnau iddo? Ta waeth, doedd Daniel Edwards a'i fwlian yn poeni dim arna i erbyn hynny.

Allwn i ddim cyrraedd adre'n ddigon buan i roi'r newyddion da i Mam ac Alys.

"Llongyfarchiadau i ti," meddai Mam ond doedd dim gwên ar ei hwyneb.

"Beth sy'n bod, Mam?" holais.

Am eiliad ni ddywedodd air, dim ond chwarae'n nerfus gyda'i bysedd.

"Pwy eith â ti yno?" gofynnodd yn dawel.

"Mae hynny'n amlwg, Mam," atebais yn llon. "Ti, wrth gwrs."

"Fi?" holodd yn syn.

"Pam lai?" meddwn.

Yna, wedi saib byr: "Wel, ie, pam lai?" meddai Mam yn hapus. "Fe geith Alys fynd i chwarae 'da Fflur ac fe awn ni'n dau i'r Celtic Manor. Mae'n bryd i mi ddod i wybod mwy am y golff 'ma, on'dyw hi, Marc?"

A dyna'n union a ddigwyddodd. Fe gawson ni'n dau ddiwrnod wrth ein bodd ac, yn goron ar y cyfan, fe dynnodd Mam fy llun gyda neb llai na'r Monti enwog – Colin Montgomerie!